이코

이코

정용준 글×무나씨 그림

미메시스

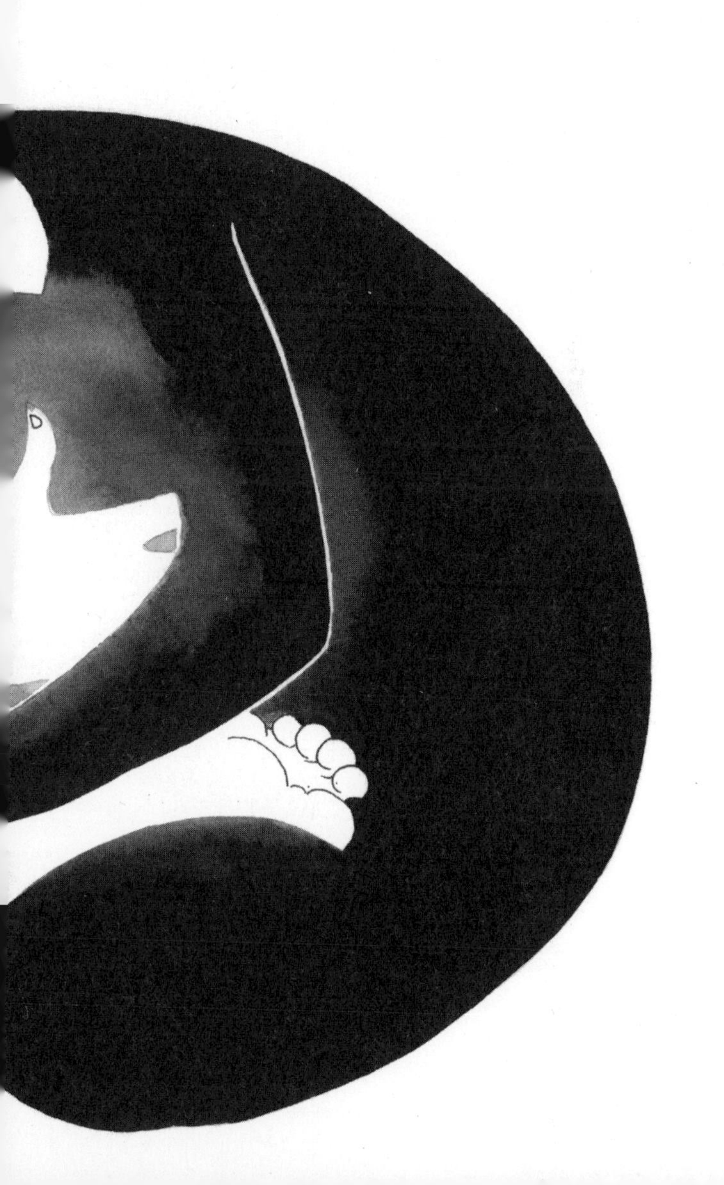

차례

*

오후 2시 40분 한산한 역사. 지하철 문이 열리고 한 남자가 안으로 들어왔다. 검은 마스크로 입을 가리고 어깨까지 내려오는 긴 머리는 노란 고무줄로 묶었다. 왼쪽 가슴 포켓에 손바닥 크기의 스프링 노트를 꽂고 한 손엔 유리 테이프가 붙은 전단지를 들고 있다. 배낭을 껴안고 잔뜩 몸을 웅크린 청년과 코끝에 안경을 걸친 채 십자 낱말 퀴즈를 하는 노인. 노파의 품에 안겨 으르렁거리는 몰티즈. 노란 옷을 입은 살찐 소년과 커다란 비닐봉지 두 개를 바닥에 놓고 큰 목소리로 전화 통화를 하는 아주머니. 그들은 곁눈으로 흘낏 남자를 쳐다보곤 빠르게 고개를 돌린다. 의심쩍다. 불편하다. 불쾌하잖아. 위험해. 기분 나빠. 더러워. 무심해 보이는 눈은 그렇게 말하고 있었다. 남자는 승객들 사이를 통과하며 유리 테이프가 붙은 전단지를 벽에 붙인다. 무정한 얼굴은 어떤 말, 어떤 시선에도 개의치 않을 것처럼 뻔뻔해 보인다. 벽처럼 딱딱한 사람들 사이를 통과할 때, 문이 열린 짧은 시간에 다이빙하듯 빠져나갈 때, 계단을 오를 때, 사방의 뾰족한 시선이 목과 팔과 다리를 찔러 올 때, 남자는 생각하고 또 생각한다. 나는 나무다. 나는 돌멩이다. 나는 상처받지 않는다. 나는 흔들리지 않는다. 부끄러움을 모르고 분노를 느낄 줄 모른다. 옷깃을 여미고 눈을 가늘게 뜬 채 앞으로 걷고 또 걷는 그의 모습은 메마른 겨울 숲을 걷는 벌목꾼처럼 보인다. 위험하고 어쩌면 서글픈…….

그러나 한 여자를 발견한 순간 남자는 멈춰 서고 말았다. 철컥, 발목을 무는 덫처럼 느닷없고 예측 불가한 멈춤이었다. 짧게 커트한 탈색 머리. 두 치수쯤 큰 야상 점퍼와

발목까지 내려온 고동색 치마. 한쪽 어깨에 무늬 없는 아이보리 천 가방을 메고 발소리도 없이 달팽이처럼 미끄러져 지나가는 작은 여자. 지하철 문이 열렸고 여자는 발을 끌며 밖으로 걸어 나갔다. 바둑돌처럼 메마른 그의 눈동자에 순간 물빛이 돌았다. 갑자기 숨이 차고 어떻게 움직여야 할지 모르는 마비된 동물처럼 팔다리가 부르르 떨렸다. 우물쭈물하는 사이 한 학생의 가방에 종이 상자가 걸려 찢어져 전단지가 쏟아지며 사방으로 흩어졌다. 사람들은 약속이라도 한 듯 일제히 고개를 돌려 그를 쳐다봤다. 노골적인 혐오가 담긴 사나운 눈빛들. 그는 어쩔 줄 몰라 하며 열린 문과 조금씩 작아지는 여자의 뒷모습과 바닥의 전단지를 불안한 눈으로 번갈아 쳐다보다 문이 닫히기 직전 열차를 빠져나왔다.

그녀는 5번 출구로 빠져나가 오후의 거리를 걸었다. 어깨를 안쪽으로 숙이고 시선을 바닥을 향해 걷는 걸음이 너무 느려 행인들은 계속 그녀를 추월해 지나갔다. 뒤따라 걷는 그의 걸음이 자꾸 뒤엉킨다. 장애물도 없는데 발목이

꿔이고 내리막도 없는데 앞으로 넘어질 뻔한다. 얼어붙은 호수든 뜨거운 사막이든 흔들림 없이 잘만 걸었던 날렵한 두발이 물속에 잠긴 듯 무겁기만 했다. 여자는 관공서 앞 허름하게 서 있는 천막으로 들어갔다. 의자에 앉아 졸고 있는 간사에게 인사하고 바닥에 모로 누워 잠든 이에게 얇은 이불을 덮어 주었다. 바닥을 뒹구는 종이컵과 비닐봉지를 주워 주변을 정리했고 가방에서 텀블러를 꺼내 마른 꽃이 든 티백을 넣고 뜨거운 물을 부었다. 바람이 불었다. 천막과 깃발은 펄럭였다. 그녀는 의자에 앉아 구름 낀 하늘을 보며 길게 숨을 내쉬었다. 그는 플라타너스 나무 뒤에 서서 그녀를 봤고 자신도 모르게 같은 속도로 숨을 내쉬었다.

·

남자는 여자 앞에 섰다. 그녀는 고개를 숙인 채 자신의 손가락 마디를 만지고 있었다. 오리온자리를 닮은 왼쪽 목덜미의 네 개의 작은 점과 왼쪽 엄지와 검지 사이의 둥근 흉터. 그는 기침이 나오려 하는 걸 간신히 참고 그녀와 눈이 마주치길 기다렸다. 그녀는 서서히 눈을 들었다. 둘의 눈은 마주쳤다. 떨리는 그의 눈동자와 달리 그녀의 눈동자는 차분하다. 그 순간 그는 마스크를 벗고 그녀의 이름을 외칠 뻔했다. 하지만 참아야 한다. 그 이름을 꺼내는 순간 치즈가 눈을 뜰 것이다. 할퀴고 물어뜯을 것이며 그 이름을 찢어 놓을 것이다. 그는 목구멍 깊숙한 곳에 이름을 머금고 있다가 그냥 삼켰다.

그녀는 아, 하며 서명지를 내밀었다. 〈폭력 없는 세상을 만들어 주세요.〉 그는 잠시 망설이다 서명란에 이름을 써 넣었다. 그녀는 고개를 깊이 숙여 인사했다. 자신의 이름을 보고도 그녀가 아무 반응을 보이지 않자 그는 가방을 바닥에 내려놓고 낡은 파우치를 꺼냈다. 그녀는 경계하는 눈으로 한 걸음 떨어져 그의 행동을 말없이 지켜봤다. 그는 파우치의 지퍼를 열고 뭔가를 꺼냈다. 까맣게 손때가 타 까만 석탄처럼 보이는 주먹 크기의 나무 팽이였다. 그는 팽이의 심에 청록색 줄을 걸고 손목을 일정한 패턴으로 돌려 가며 꼼꼼하게 줄을 감았다. 그리고 팽이를 던졌다. 허공을 향해 날아가는 팽이와 그것을 회전시키며 바닥에 부드럽게 안착시키는 줄 사이에 근사한 뭔가가 있었다. 그녀는 약간 놀란 듯 눈을 커다랗게 떴다. 팽이는 제자리에서 빠르고 고요하게 돌았다. 회전하는 소리만 미세하게 윙윙 울렸는데 그녀는 그 모습을 뭔가에 홀린 듯 물끄러미 바라보더니 고개를 들고 그를 봤다. 서명지의 이름을 읽고 다시 팽이를 봤다. 그리고 천천히 시선을 돌려 그의 눈을 깊숙하게 바라봤다.

둘로 나뉜 공기. 남자와 여자 사이에 이중창 같은 투명한 벽이 가로막고 있었고 그 사이에 팽이는 돌고 있었다. 그것은 정지 비행하는 작은 맹금류처럼 불안한 긴장을 뿜고 있었다. 그녀는 한 걸음 앞으로 다가왔다. 그리고 하나씩 뜯어봤다. 정체불명의 이 남자를. 하나로 묶은 긴 머리카락. 끝은 갈라졌고 결은 고르지 않았다. 두꺼운 갈색 뿔테 안경 뒤에 작고 까만 눈동자. 코와 입을 덮고 있는 검은 마스크. 그리고 미간의 번개 모양의 흉터. 그녀는 기가 막히다는 표정을 하고 입을 벌려 웃었다.

너구나.

팽이가 쓰러지고 여자는 팽이를 집어 들었다. 그리고 한참 만지작거렸다. 그리고 손을 뻗어 그의 가슴을 툭 쳤다.

너였어.

마스크 안이 따뜻해진다. 치즈야. 오늘 유독 조용하네. 기억나? 너에게 이름을 지어 준 사람이야. 옛 주인의 냄새를 찾는 짐승처럼 치즈는 둥글게 몸을 말고 겁먹은 눈으로 그가 보는 것을 함께 본다.

*

그걸 고양이라고 생각해 보면 어때?

무슨 소리야.

일단 이름을 지어 줘야지.

미이는 이 말 저 말 부르며 매점 창문으로 바깥을 봤다. 매점 주위를 어슬렁거리는 노란 고양이가 햇볕에 앉아 눈을 감고 쪼그려 앉아 있었다. 학생들은 소시지를 흔들거나 참치 캔의 뚜껑을 따서 바닥에 놓고 꼬시며 한번 만져 보고 싶어 했다. 곤양아. 매점아. 냥이야. 자기가 부르고 싶은 대로 이름을 지어 불러 대며 애원하다시피 했지만 고양이는 누구에게도 곁을 주지 않았다. 내 비록 구걸하며 살고 있지만 너희들과는 어울릴 수 없는 고귀한 존재란다, 라고 말하는 눈동자는 늘 당당하고 거만했다. 미이는 그 모습을 물끄러미 바라보더니 치즈, 라고 했다. 그리고 주문을 외듯 한동안 치즈, 치즈, 중얼거렸다. 그리고 주우의 이마를 탁, 때리며 말했다.

좋다.

뭐?

치즈. 말해 봐. 치즈

…….

미이는 주우의 입술을 다정하게 바라보며 말했다.

치즈라고. 네 고양이 이름 말이야. 친하게 지내야 해. 싸우지 말고, 무서워하지도 말고. 무엇보다 절대로 헤어지면 안 돼. 치즈를 쉽게 다룰 순 없겠지만 그래도 주우 네가 주인이야. 그걸 잊으면 안 돼. 알았지?

그랬지. 그랬었지. 그런데 미이야. 네가 갑자기 사라진 후로 치즈가 많이 커버렸어. 더 이상 매점 앞을 지키던 작은 고양이가 아닌 것만 같아. 주우는 미이의 뒤를 따라 걸으며 마스크 안쪽에서 작은 소리로 말했다.

고양이가 아니면 뭘까. 그것과 함께 살고 있는 난 또 뭘까.

둘은 걸었다. 미이가 앞서고 한걸음 뒤에 주우가 따라갔다. 주우는 옛 생각을 했다. 오래전에도 지금과 똑같은 거리에서 똑같은 보폭으로 걸었었다. 미이가 한 걸음 앞에 나는 한 걸음 뒤에. 학교가 끝나고 집으로 돌아가는 길 19번 도로를 걷고 다리를 건넜다. 남대천 모래 언덕에 앉아 우두커니 흐르는 강물을 바라보고 있으면 어느새 미이가 곁에 다가와 무심히 앉아 주우가 보는 것을 함께 봤다. 해가 질 무렵 미이가 30번 도로를 걷다가 샛길로 빠지면 주우도 샛길로 빠졌다. 옥수수 밭을 지나고 아무런 볼거리도 없는 목초지를 지나 버려진 냉장고 위에 앉았다. 비포장 도로 위를 달리는 자동차와 흙먼지가 날려 붉은 안개처럼 변한 허공을 근사한 풍경이라도 되는 듯 쳐다보곤 했다. 냉동고 문짝에 붙은 길고 부드러운 자석을 꺼내 바닥을 이리저리 쓸면 숨어 있던 작은 강철 조각들과 철 가루가 달라붙었다. 무가치한 그 놀이가 세상에서 가장 재미있고 의미 있는 발견인 것처럼 몇 번이고 반복하며 놀았다. 말 한 마디 나누지 않아도 어색하지 않았고 불편하지 않았다. 지금도 그렇다. 대화 없이 걷고 있는데 편안하다. 남대천 위를 떠돌던 물기 가득했던 무주의 바람. 그 순간이 지금 이 도시 이 거리에 그대로 옮겨 온 듯했다. 미이가 걸음을 멈추고 뒤를 돌아봤다.

그런데 너. 상태 왜 그래? 머리는 뭐고. 마스크는 왜.

주우는 눈썹을 긁적였다. 미이는 검지로 자신의 입술을 톡톡 만지며 말했다.

안 답답해?

말 없이 고개만 젓는 주우를 미이는 찬찬히 살펴봤다.

너 티비에 나오는 거 봤어. 한 5년 됐나? 다큐에 나왔었잖아. 그때 넌……, 카페에서 일하고 있었는데. 친절한 사람들과 어울리면서……. 잘 지내는구나 했지.

주우는 노트를 꺼내 글씨를 써서 앞으로 내밀었다.

잘 지냈어?

말 못해?

그냥. 이게 편해.

미이는 종이 한가운데에 떠 있는 한 줄의 까만 문장을 기분 나쁘게 쳐다봤다. 그리고 주우의 얼굴을 봤다. 마스크 안쪽에서 아까부터 기분 나쁜 소리가 들렸다. 웅덩이에 빠진 동물이 오도 가도 못하고 낑낑 대는 소리 같은. 죽어 가는 신음 같은. 그래서 슬피 우는 울음 같은. 소리가 커진다 싶으면 주우는 주먹으로 자신의 왼쪽 가슴을 쿵 때렸다. 그러면 곧바로 그 소리가 잠잠해졌다. 미이는 그게 무엇을 의미하는지 단번에 알았다.

씨발. 미이는 주먹을 꽉 움켜쥐며 소리쳤다.

병신 같은 게 진짜 병신 흉내를 내고 있네.

말 조심 해. 나 진짜 병신이야.

주우는 눈으로 웃으며 항의하듯 노트를 흔들었다.

꺼져. 넌 장애 등급에도 포함 안 돼. 사기꾼 새끼야. 10년 만에 나타나서 지금 이게 무슨 짓이야. 협박해?

12년. 5개월. 23일.

미이는 흥분한 마음을 가라앉히려 애쓰며 아이를 달래듯 부드럽게 말했다.

괜찮아. 괜찮으니까 마스크 좀 벗어 봐.

주우는 단호하게 고개를 젓고 미안해, 라고 썼다.

미안? 뭐가? 미이는 노트를 주먹으로 내리쳤다.

그럼 나도 말 안 해. 잘 가라.

미이는 몸을 돌려 주우를 뒤로 하고 왔던 길로 걸어갔다. 한 번도 돌아보지 않고 빠른 걸음으로 저 먼 곳으로 달려가듯 날아가듯 가버렸다.

다음 날 주우는 천막을 찾았다. 미이는 없었다. 또 다음 날 주우는 천막에 갔다. 미이는 있었지만 주우를 외면했다. 그러나 주우는 계속 찾아왔다. 미이는 모르는 척했고, 보이지 않는 척했으며, 아예 없는 사람 취급했다.

가.

미이의 눈은 차가웠다. 어디에서도 따뜻한 기운을 찾을 수 없었다. 날카로웠다. 계속 마주보고 있으면 눈동자가 상할 정도로 뾰족했다. 주우는 시선을 피해 미이의 어깨쯤을 봤다. 옆에서 이 모습을 지켜보던 간사가 참다 못해 주우의 팔을 끌고 나갔다.

그날은 예고 없이 비가 왔다. 굵은 빗방울에 천막의 천장이 툭툭 소리를 내며 휘청거렸다. 미이는 깃발을 둥글게 말아 끈으로 묶고 서류들과 홍보 자료들을 빠르게 정리했다. 시위용 패널과 조끼는 상자에 담았다. 상자를 옮기다 무심코 바깥을 봤다. 큰 비였다. 양동이로 퍼붓듯 쏟아지는 빗소리가 너무 커 바로 옆에 있는 사람과의 대화도 들리지 않을 정도였다. 차도와 인도의 경계가 불어난 물에 순식간에 지워졌다. 흙탕물 위로 푸른 은행잎과 부러진 나뭇가지가 떠다녔다. 미이는 거리 곳곳에 만들어지는 물웅덩이를 놀란 눈으로 지켜보며 주우가 천막을 떠난 지 얼마나 됐을지 시간을 헤아려 봤다. 우산을 쓰고 주변을 살펴보던 미이는 희뿌연 풍경 저 너머에 누군가 서 있는 것을 발견했다. 주우였다. 흠뻑 젖은 모습으로 일식집 처마 아래 서 있었다. 미이는 처마 밑으로 들어와 주우 곁에 섰다. 둘은 거대한 물 벽에 갇혀 잠시 그렇게 있었다.

마스크를 벗으면 죽게 되는 병이라도 걸린 거야?

주우는 난감한 얼굴로 우동 그릇을 가만히 내려 보기만 했다. 미이는 먹을 수 없는 사람을 놀리려고 작정한 못된 심보로 일부러 후루룩 소리를 내며 면발을 빨아 올렸다.

그래서, 왜 자꾸 찾아오는 건데?

주우는 노트를 꺼냈지만 완전히 젖어 펼칠 수조차 없었다. 미이는 티슈에 글자를 쓰려는 주우의 손등을 때렸다. 찰싹, 소리가 너무 커 카운터에 있던 주인이 놀란 눈으로 쳐다봤다. 미이는 신경질적으로 말했다.

쓰지 마. 글씨 읽기 싫으니까.

미이는 웃음기 없는 얼굴로 길게 한숨을 쉬며 국물을 마셨다. 주우는 미이를 찬찬히 들여다보며 생각했다. 세상에. 그동안 하나도 자라지 않은 것 같네. 아니, 아니, 어딘지 모르게 여기저기 조금씩 줄어든 것 같아. 키도 작아지고 살도 빠진 것 같고. 하얗던 얼굴은 하얗다 못해 창백하다. 그동안 어떻게 살아왔던 걸까. 갑자기 미이가 주우의 미간을 검지로 눌렀다.

이거 아직 있네.

그리고 한 번 더 꾹. 이번엔 손가락을 떼지 않았다. 주우는 자신도 모르게 스르르 눈을 감았다. 희미한 핸드크림 냄새와 함께 작은 손가락과 그 손가락이 누르는 부드러운 힘이 눈썹 사이에 느껴졌다. 그 힘은 물 위에 넓게 퍼져 먼 곳으로 옮겨 가는 파문처럼 온몸에 전해졌다. 주우는 계속 눈을 감고 있었다. 할 수 있다면 오랫동안 이 상태로 가만히 있고 싶었다. 미이는 잠자코 있는 옛 친구의 얼굴에서 옛날의 표정과 느낌을 찾아보려 했다. 달라졌다. 옛날과

너무도 많이 달라졌다. 미이는 그것이 모두 자신의 책임인 것 같은 기분이 들어 마음이 상했고 동시에 짜증이 났다. 미이는 더는 주우에게 화내고 싶지 않아 마음을 가다듬었다.

신기하네. 그때랑 똑같다.

야, 이거 꼭 버튼 같다.

주우는 불쾌한 얼굴로 미이의 손을 탁 때렸다. 미이는 주우의 손을 치우고 다시 흉터를 눌렀다. 이번엔 주우도 가만히 있었다.

진짜야. 누르면 뭔가 달라질 것 같아.

무슨 소리야.

버튼을 누르면 뭔가 켜지잖아. 꺼지기도 하고.

뭐가 켜지는데?

그건 나도 모르지. 네가 정해야지. 기분이 좋아진다고 생각하고 누르면 좋은 기분이 켜지고. 똑똑해진다고 생각하면 아이큐가 높아지고. 반대로 나쁜 감정이 사라지길 원하면……, 흐음, 그건 또 꺼지겠지? 모르잖아. 개! 똥 같은 것들이 쑥 내려갈지도.

장난칠 기분 아니야.

미이는 바닥에 쓰러진 주우를 일으켜 세운 뒤 얼굴과 어깨에 묻은 흙을 손으로 툭툭 털어 냈다.

장난 아니니까. 마음에 새겨. 이거 버튼이야. 알았어? 그런 생각이 안 들어도 그렇게 생각하고 오늘 같은 일 당하면 눌러.

두렵거나 떨릴 때, 친구들이 괴롭혀 지치고 힘들 때, 흥분한 치즈가 심하게 떠들어 주변 사람들이 경악했을 때, 나도 모르게 튀어나온 그 험하고 나쁜 말들을 스스로 들었을 때, 한마디로 뭘 어떻게 해야 할지 몰라 궁지에 몰리는 끔찍한 기분이 들 때, 주우는 벽에 이마를 찧었다. 찢어지고 아물고 다시 찢어지길 반복해 만들어진 부드럽고 두툼한 분홍빛 살덩어리. 번개 모양의 흉터. 이젠 더 이상 분홍빛이 돌지도 부드럽지도 않다. 그저 피부 밖으로 튀어나온 뼈 조각처럼 단단해졌다. 고장 나 더 이상 작동하지 않는 버튼처럼. 미이는 그 변화를 눈으로 확인하면서도 예전과 비슷한 느낌을 받았다. 누르면 뭔가 새로운 일이 일어날

것만 같은 기이한 느낌. 이걸 누르면 뭔가 말하겠지. 미이는 한 번 더 버튼을 누르려 했다. 주우는 고개를 돌리고 미이의 손을 잡아 탁자에 내려놓았다. 그리고 티슈에 뭔가를 적어 미이에게 보여 줬다.

그때 왜 갑자기 사라졌어?

미이는 티슈를 곱게 두 번 접어 바지 주머니에 넣었다. 젓가락으로 락교를 집어 입에 넣고 우물거렸다.

몰라. 근데 너 이렇게 사는 꼴 보니 그러지 말 걸 그랬다.

*

친구들은 주우를 〈이코이코〉라 불렀다. 주우가 걸어갈 때 등 뒤에서 수군거렸고 어쩌다 무슨 말이라도 하면 〈오, 이코이코〉라고 야유했다. 어떤 친구는 병신이라 했고 또 어떤 친구는 변태 새끼라고 했다. 어떤 날 주우는 사이코였고 악마였다. 처음 주우를 봤을 땐 누구도 감히 주우를 놀리지 못했다. 느닷없이 괴성을 지르고 욕설을 내뱉는, 성난 얼굴과 날카로운 눈빛으로 주위를 노려보는, 예측 불가한 소년은 친구들의 눈엔 아무렇지도 않게 사람을 죽일 수 있는 잔인한 살인마처럼 보였기 때문이다. 그들은 존재감 없이 고요하게 지내는 내성적인 주우가 갑자기 돌변해 낯선 표정과 목소리로 거친 말을 내뱉을 때 형용할 수 없는 공포를 느꼈다. 하지만 시간이 갈수록 그들은 익숙해져 갔다. 일정한 패턴이 있다는 것을 알게 됐고 주우 스스로도 그런 모습을 두려워한다는 것을 알게 됐다. 주우가 주는 공포는 철창에 갇혀 다른 이를 해할 수 없는 종류의 것이었다. 동물원의 맹수가 그러하듯, 분장한 귀신이 그러하듯, 주우는 친구들에게 놀라움을 선사하는 자극 이상도 이하도 아니었다. 어느 날부터 주우가 욕을 하면 누군가는 더 심한 욕을 했다. 주우가 소리를 지르면 친구들이 몰려와 주우를 에워싸고 우. 우. 우. 우. 소리를 지르며 놀려 댔다. 주우는 두려웠다. 자기가 한 말을 친구들이 따라하는 말을 들을 때마다 무서웠고 그 무서운 말을 자기가 했다는 사실이 더 무서웠다. 메아리처럼 돌아오는 말은 하나같이 나쁘고 더러운 말뿐이었다.

모두가 이코이코라고 놀려 대도 미이는 한 번도 주우를 이코이코라고 부르지 않았다. 주우가 이상한 행동을 하고 그것을 누군가 흉내 내거나 놀리면 모두가 웃고 즐거워했다. 하지만 미이는 단 한 번도 웃지 않았다. 낄낄거리며 웃는 친구들에게 미이는 말했다.

그건 병이야. 틱이라는 병이라고. 발목이 꺾이면 다리를 절고 위장이 꼬이면 배가 아프잖아. 주우가 아픈 것도 그런 거야. 그런데 어디가 아픈지 알 수가 없어서 고치질 못해. 워낙 머리 깊숙한 곳이 아파서 주우도 어떻게 할 수가 없는 거야. 그러니까 주우가 그렇게 말할 땐 주우가 하는 말이 아니야.

네가 이코이코 엄마냐? 뭐? 틱? 존나 틱틱거리네. 이코이코가 한 말이면 이코이코의 말이지. 무슨 헛소리야.

그들 중 하나가 하는 말에 친구들은 손뼉을 쳐대며 낄낄거렸다. 그들은 주우에게 불쑥 찾아드는 침입자를 주우와 다른 존재로 생각할 줄 몰랐다. 속으로 늘 그런 생각을

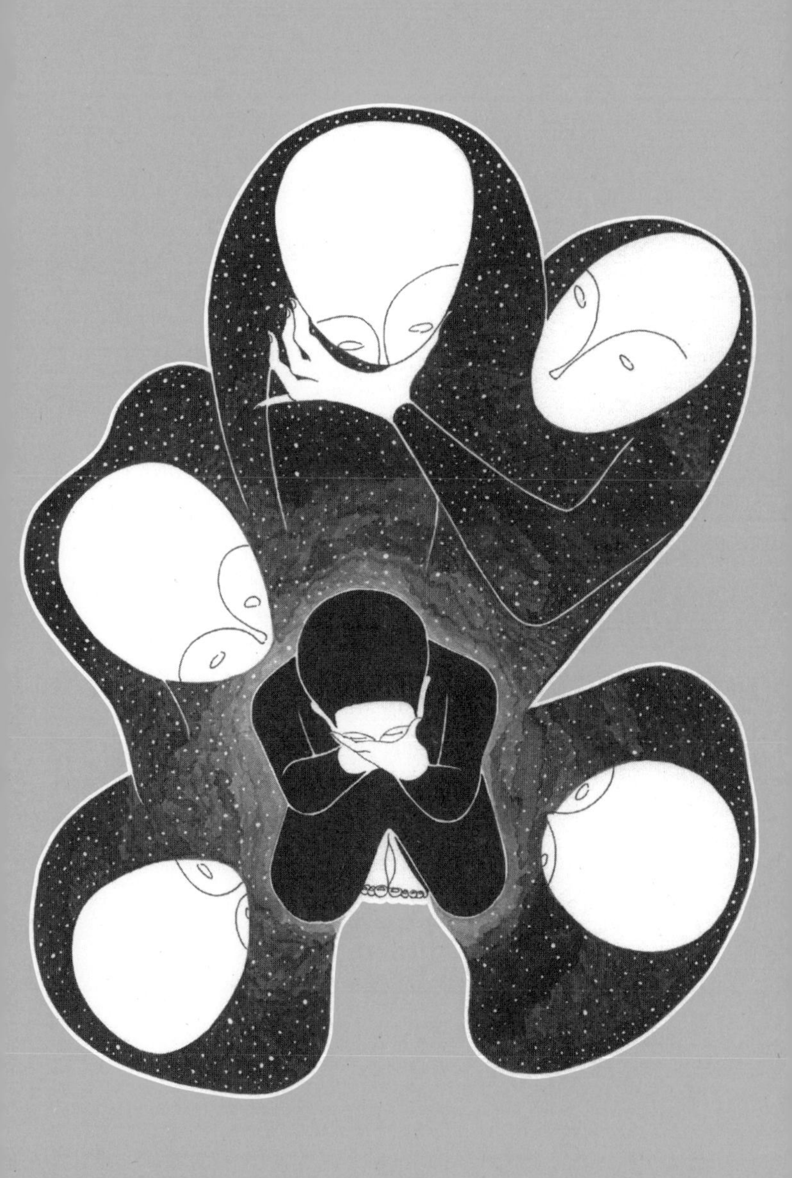

하고 있으니까 자연스럽게 그런 말이 튀어나오겠지. 마음 속에 독한 마음을 품고 있어 독설을 내뱉는 것이겠지. 주우가 하는 말은 속마음이고 진심이며 앞으로 하게 될 온갖 나쁜 행동들의 예고 같은 것이라고 생각했다.

어떤 날은 주우가 이코이코로 변하지 않는 날도 있었다. 친구들은 지루했다. 애써 동물원에 왔는데 하루 종일 누워만 있는 사자를 볼 때의 기분 같은 실망스러움이었다. 친구들 중 하나가 말했다.

숨어 있는 것 같은데 우리가 찾아낼까?

또 다른 하나가 말했다.

열 받게 만들자. 그러면 변하겠지.

그들은 주우를 괴롭히기 시작했다. 책상에 엎드려 있으면 소리를 질렀다. 반응을 보이지 않으면 등이나 뒤통수에 책을 집어 던지거나 의자를 빼내 바닥에 넘어뜨렸다. 입을 다물고 있으면 옆구리와 겨드랑이를 볼펜으로 찔러 대며 입을 열게 했고 무표정한 얼굴에 침이 섞인 바람을 불며 푸푸 불어 대며 자극했다. 주우가 참지 못하고 화를 내거나 인상을 쓰면 오오오, 소리를 내며 뒷걸음질했다. 복도를 걸을 땐 다리를 걸어 넘어뜨렸고 소변기 앞에 서 있을 땐 엉덩이를 무릎으로 때렸다. 집단적으로 행하는 괴롭힘은 거의 사냥에 가까웠다. 덩치가 작은 하이에나들이 커다란 초식 동물에 달라붙어 한 입씩 깨물어 대는 것처럼 그들은 주우가 지칠 때까지 따라다녔다. 주우는 괴로웠다. 제멋대로 이상한 말이 튀어나오는 것도 괴롭고, 반대로 그들이 원할 때 아무 말도 안 나오는 것도 괴로웠다. 어느 날 주우는 친구들에게 둘러싸여 이러지도 저러지도 못할 때 무심결에 벽에 이마를 박았다. 이마가 찢어지고 피가 인중과 콧등을 타고 입술까지 뚝뚝 떨어졌다. 그들의 야유가 뚝, 그쳤다. 피투성이가 된 주우의 얼굴을 보고 당황한 것이다. 개미 떼처럼 모였던 무리가 순식간에 흩어졌다. 주변이 고요해지자 주우는 평화를 느꼈다. 피부가 찢어진 것. 이마의 통증. 흐르는 피. 그런 것들은 아무것도 아니었다. 그날 이후 주우는 친구들이 괴롭히면 벽에 이마를 박았다. 그들 중 하나가 용기를 내 말했다.

이 새끼. 또 쇼한다.

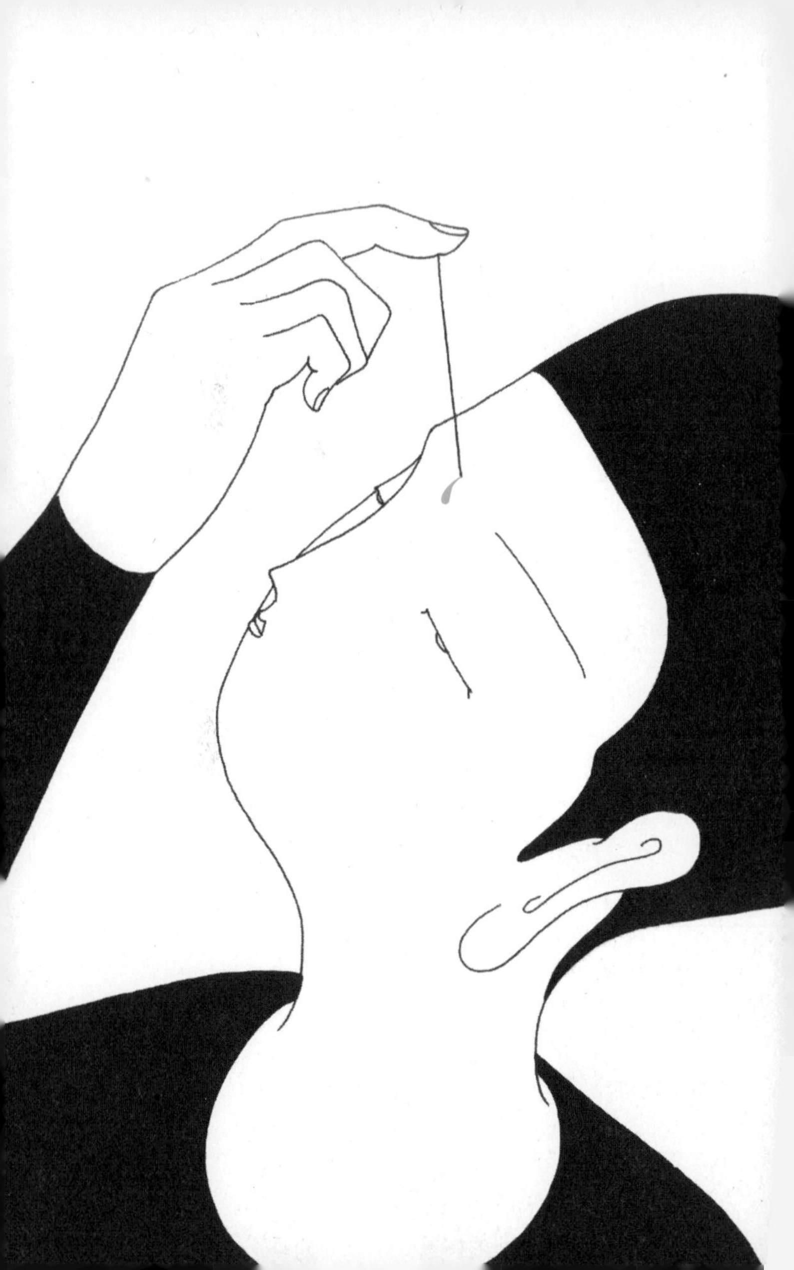

그러나 그 목소리는 떨고 있었다. 쿵. 쿵. 쿵. 쿵. 하얀 페인트가 칠해진 콘크리트 벽에 주우가 망치처럼 이마를 부딪쳤다. 마침내 피가 터지면 그들은 더 이상 놀려 댈 수 없었다. 그런 날들이 계속 이어지던 어느 날 그 모습을 지켜보다 못한 한 여학생이 다가와 콘크리트 벽과 주우의 이마 사이에 손을 집어넣으며 말했다.

그만해.

언젠가 주우가 미이에게 물었다.

왜 잘해 줘?

내가 언제.

나랑 놀면 너도 괴롭힘을 당해.

당해? 누가? 내가?

미이는 불쾌한 얼굴로 목소리에 힘을 주어 말했다.

뭘 당해? 야. 웃기지 마. 나는 아무에게도 아무것도 안 당해. 학교에 있는 놈들은 애들이나 선생이나 하나같이 멍청이들이야. 말이 통하는 사람이 한 명도 없어. 그러니까 말 통하는 우리끼리 잘 지내 보자.

미이는 달랐다. 주우가 이상한 소리를 낼 때 두려워하거나 신기해하지 않았다. 때로는 주우가 미이에게 욕을 했다. 때로는 희롱하고 때로는 죽이겠다고 협박했다. 미이는 눈썹 하나 움직이지 않았다. 마치 창문을 통해 먼 곳을 바라보듯 이코이코로 변한 주우에게 무심하게 반응했다. 그러다 그것을 견디지 못하고 벽에 이마를 박으려고 하면 단호한 표정으로 주우의 이마를 소리 나게 찰싹 때렸다. 그러면 주우는 더 이상 이상한 말을 하지 않았다. 그게 다였다. 미이는 주우를 항상 지켜보고 있었다. 스위치가 돌아가듯 갑자기 표정이 바뀌고 음성이 바뀌고 말투가 바뀌는 순간을. 다시 제자리에 돌아왔을 때 혐오와 증오 속으로 파고들며 움츠러드는 모습을. 사람이 없는 곳을 찾고 그늘과 어둠을 찾아 숨고 느닷없이 터지는 거친 말을 막으려 손으로 입을 가리고 화장실로 달려가는 뒷모습을. 미이는 학교가 끝나고 집으로 돌아가는 주우를 따라갔다. 주우는 집으로 향하지 않고 방향도 없이 목적도 없이 여기저기 떠돌았다. 비닐 봉투가 바람에 날려 무작위로 허공을 떠돌듯 주우의 발걸음에도 아무 의지가 없었다. 밀면 밀리고 불면 날아가고 뒤에서 크게 소리치면 깜짝 놀라 어디론가 산산이 흩어질 것만 같았다. 다른 것도 보였다. 수업 시간에 빈 종이에 끄적거리는 예쁜 글씨의 낙서들과 고양이와 토끼 같은 작은 동물들의 특징을 살려 그린 캐리커처. 특히 주우는 회전하는 물체에 매력을 느꼈다. 습관적으로 여백에 소라 모양 그림을 그렸다. 선풍기의 날개나 헬리콥터의 프로펠러가 돌아가는 모습과 시계 초침이 규칙적으로 움직이는 걸 좋아했다. 아무도 없는 고요한 과학실에서 미이는 팽이를 선물했다. 무릎을 꿇고 앉아 회전하는 팽이를 지켜보는 주우의 눈은 매혹적인 장난감에 마음을 뺏긴 아이처럼 반짝반짝 빛났다. 선물이야, 하고 미이가 팽이를 내밀었을 때 주우는 그것이 마치 다치기 쉬운 작은 새라도 되는 것처럼 떨리는 두 손으로 조심스럽게 감싸 안았다. 주우는 팽이를 좋아했고 미이는 팽이를 좋아하는 주우의 웃는 모습이 좋았다.

천막 한쪽 구석에서 팽이를 만지작거리는 주우를 보는 미이의 마음이 복잡했다. 하도 만져 이제는 까만 보석처럼 변한 한 토막의 나무를 주우는 부적이라 했고 친구라고 했으며 충격을 막아 주는 쿠션 같은 것이었다고 했다. 왜 너는 부적이 필요했을까. 왜 쿠션 같은 것이 있어야만 했을까. 나 외에는 친구가 아무도 없었던 걸까. 주우는 매일 천막을 찾아 왔다. 온다고 하지 않고, 와도 좋다는 허락을 받지도 않았지만 주우는 매일 왔다. 아무리 가라고 말해도 들리지 않은 척을 하고 밀어내고 밀어내도 어느새 천막 한쪽 귀퉁이에 앉아 있는 주우에게 그러면 네 마음대로 해라, 라고 했더니 정말 자기 마음대로 하고 있다. 오전엔 열심히 지하철을 돌며 일을 했고 오후에는 델리만쥬나 갈릭파이를 사서 미이에게 건넸다. 미이가 귀찮아하면 간사들에게 줬다. 처음엔 추레한 행색의 주우를 모두들 경계했다. 미이가 괜찮다고 친구라고 말했지만 검은 마스크를 쓰고 조용히 눈동자를 굴리며 천막의 여기저기를 살펴보는 남자는 불편하고 두려운 존재였다. 그런데 주우가 일손을 거들면서부터 사람들의 태도가 달라졌다. 주우의 손은 너무도 꼼꼼하고 야무졌다. 부드러운 선분이 살아 있고 깔끔한 각이 살도록 오려 낸 색지를 보고 놀라워했다. 오랫동안 노트에 글씨를 썼던 탓인지 주우는 글씨도 잘 썼다. 매직을 잡으면 망설임 없이 쓱쓱 써 냈고 글씨는 예쁘고 단정하고 힘이 있었다. 간사들은 오오, 하며 좋아했고 어떤 이는 박수를 치기도 했다. 어느 날엔 그라인더와 원두를 가져왔다. 계량용 스푼에 적정량의 원두를 담아 그라인더에 넣고 갈았다. 곱게 분쇄된 가루를 필터에 넣고 능숙하고 자연스러운 솜씨로 리드미컬하게 뜨거운 물을 부어 커피를 만들어 냈다. 천막에 가득 찬 커피 향은 누추한 분위기를 단숨에 사라지게 할 만큼 강력한 힘이 있었고 지친 사람들은 주우가 만든 커피 한 모금에 기분이 바뀌는 기이한 경험을 했다. 커피 좀 안다는 한 간사가 커피를 맛보고 이렇게 맛있는 커피는 살다 살다 처음 마셔 본다며 호들갑을 떨며 주우의 사기를 높여 주기도 했다. 환대를 받은 주우는 더 당당하게 천막을 찾았고 자신감 있는 눈으로 미이를 바라봤다. 미이는 질렸다는 얼굴로 고개를 저었지만 입가엔 희미한 미소를 머금었다.

주우는 행인들에게 대화를 시도하는 미이를 바라봤

다. 사람들은 대부분 눈길 한 번 주지 않고 지나쳐 갔고 더러는 사나운 눈으로 노려봤다. 설명을 듣는다 해도 삐딱하게 서서 고개만 끄덕이다 어색하게 웃으며 갈 길을 갔다. 미이는 그런 거절에 익숙한 듯 어깨를 으쓱 올렸다 내리고 손뼉을 탁탁 쳤다. 미이는 자신을 보고 있는 주우와 눈이 마주쳤다.

왜……? 뭐……? 이 정도면 괜찮은 거야. 물 뿌리고 머리채 붙잡는 사람도 있었어.

주우는 별다른 반응을 보이지 않고 길 한가운데 서서 전단지를 나눠 줬다. 사람들은 주우가 건네는 걸 받기도 하고 안 받기도 했지만 받는 사람들은 대부분 읽지 않고 접거나 구겼다. 도와달라는 말. 관심을 가져 달라는 말. 이런 현실을 알아 달라는 말은 입속에 담겨 밖으로 나오지 않는 속말처럼 아무도 모르게 사라지고 말았다. 팔과 다리에 검고 붉게 물든 피멍과 찢기고 파이기를 반복하다 단단하게 굳은 상처와 흉터, 얼굴 절반을 뒤덮는 보라색 흔적들과 퉁퉁 부어 감긴 눈. 누군지 알아볼 수 없게 눈을 가리고 모자이크 했지만 주우는 그 몸이 누구의 것인지 알 것 같았다. 말은 안했지만 입속에서 온갖 말이 거품처럼 버글거리는 게 느껴졌다. 그것들은 잔뜩 화가 나 어쩔 줄을 몰라 하는 동물처럼 뜨겁고 위험하게 꿈틀거렸다. 이전과는 달랐다. 참고 있는 말은 치즈의 것이 아니었는데 치즈가 화가 났을 때와 같은 말이 나오려 했다. 주우는 몇 번이고 숨을 참고 침을 삼키며 감정을 드러내지 않으려고 애썼다. 미이는 의자에 앉아 팔을 쭉 펴고 스트레칭을 하며 말했다.

마스크 좀 벗지? 아, 됐다. 됐어. 지친다. 지쳐.

그리곤 눈을 감으며 들릴락 말락 한 소리로 중얼거렸다.

도대체 왜 저러는 거야.

주우는 미이의 눈 감은 옆모습을 그것이 마치 근사한 그림이라도 되는 것처럼 물끄러미 봤다. 매일처럼 반복되는 미이의 질문. 하지만 주우는 대답도 하지 않고 노트에 써서 설명해 주지도 않았다. 답하기 싫어서가 아니었다. 어디서부터 어디까지 말해야 할지 몰랐고 혹 말한다 해도 미이의 복잡한 표정을 볼 자신이 없었다. 화를 낼 거고 슬

펴할 거고 답답해할 거고 그러다 마스크 벗으라고 소리를 지를 거고 나중엔 울지도 모른다. 그런 게 싫었다.

*

맞아. 난 다큐멘터리에 출연했어. 그땐 꽤 유명했지. 사람들이 알아보고 사진도 찍고 사인도 해줬으니까. 그땐 마스크를 벗고 당당하게 사람들 틈 속에서 살았어. 노트에 글자를 쓰지 않았고 치즈가 나쁜 말을 할 땐 사람들에게 왼쪽 가슴에 달고 있는 명찰을 보여 줬어.

틱 장애인입니다. 갑자기 나쁜 말을 하더라도 이해해 주세요.

사람들은 놀라긴 했지만 명찰에 적힌 걸 읽고 고개를 끄덕였으며 내 모든 말을 이해해 줬어. 그런데 난 착각했던 거야. 좀 나아진 걸 괜찮아진 걸로. 바보처럼 나는 사람들의 변화를 그냥 믿어 버렸어. 세상 사람들이 모두 내 상황을 알고 있고 진짜로 이해해 준다고 말이야. 그 환대. 그 눈물. 그 악수. 그 포옹. 그것이 곧 나에 대한 세상의 제스처라고 믿었던 거지. 하지만 아니었어. 사람들은 잊었어.

다큐멘터리에는 나 외에도 슬픈 사연을 갖고 있는 사람들이 매주마다 방영됐지. 눈에 보이지 않는 장애는 그 누구의 동정과 이해도 받을 수 없어. 나는 마비되지도 않았고 절지도 않았으니까 사람들은 날 거짓말쟁이나 나쁜 사람으로 취급했어. 밖으로 드러나지 않는 감각에 문제가 있는 사람들은 다 같은 취급을 받을 거야. 난 그걸 알았지만 잊어버렸고 그 대가는 컸어. 나는 금방 잊혔어. 나를 아는 사람들. 내 증상을 이해해 주는 사람들이 순식간에 사라졌는데 순진하게도 나만 있는 모습 그대로 말했어. 보호막이 사라졌다는 걸 깨달았을 땐 온몸이 잠길 만큼 깊은 물속에 빠져 있었지. 질식할 뻔했어. 죽고 싶었던 적은 없지만 죽을 줄 알았어. 아니, 죽어야 한다고 생각했던 것 같아. 사람들은 내가 아닌 내가 가진 증상을 알고 있던 거였고 그 증상을 통해 충격이든 감동이든 감상이든 그런 걸 받고 싶었던 것일 뿐이었어. 나는 내가 불쌍하지 않아. 남들은 그렇게 생각해도 난 진짜 괜찮아. 그랬는데 그들의 환대에 마음의 문이 열린 뒤 다시 닫혔을 땐 내가 나를 불쌍히 여기고 있다는 걸 깨달았어. 기어이 난 불쌍해진 거야. 그래

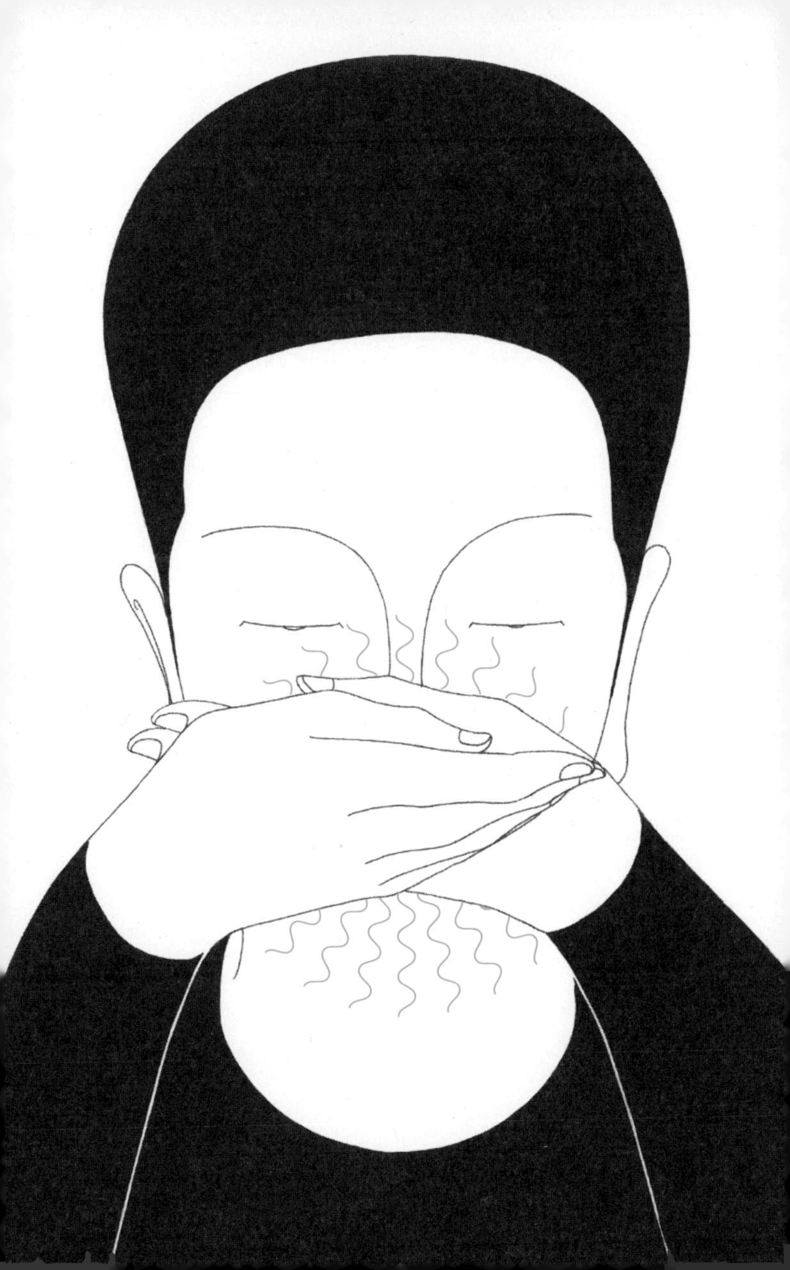

서 마스크를 쓰기로 결심했어. 괜찮았어. 정말이야. 거추장스러운 것들 다 버리고 나니 고요하고 좋아. 세상 일을 어떻게 다 따지고 들겠어? 그런데 미이야. 너에겐 미안하다. 너에게 이런 모습 보이기 싫었어. 하지만 미이야. 날 이해해 줘. 적어도 너만은 그런 식으로 잃고 싶지 않아서 그래.

뭘 그렇게 봐?

미이가 실눈을 뜨고 주우를 봤다. 많은 감정이 담긴 복잡한 눈동자 두 개가 그렁그렁했다. 미이는 다시 눈을 감고 소리쳤다.

가. 제발 좀 가라고.

과학실에서 주우가 물었다.

왜 나를 도와주는 거야?

도와줄 수 있는데,

미이는 바리캉을 들고 한참을 가만히 있다 말을 이었다.

안 도와줄 이유가 없잖아.

주우는 아무 말도 안 했다. 그저 바닥에 가득 쌓인 자신의 머리카락만 말없이 내려 볼 뿐이었다. 한 친구가 학교에 바리캉을 들고 왔다. 그는 화가 나 있었다. 공들여 기른 머리를 아버지가 바리캉으로 밀어 버렸다 했다. 그는 대칭이 어긋난 희한한 머리를 거울에 비쳐 보며 10초에 한 번 씩 욕을 했다. 수치심을 이길 길 없는 열일곱의 소년은 화풀이할 대상이 필요했다. 그때 책상에 엎드려 있는 주우가 눈에 띄었다. 주우는 평소에도 항상 머리가 지저분했다. 머리카락이 늘 귀를 덮고 뒷머리는 목덜미까지 내려올 정도로 길게 자라 있었다. 그는 주우의 머리를 깔끔하게 다듬어 주기로 마음먹었다. 이건 괴롭히는 것이 아니라 친구의 외모를 보기 좋게 만들어 주는 거야. 그 생각은 썩 합리적으로 느껴졌고 심지어 앞으로 자신이 할 일은 옳은 행동이라는 생각까지 이르고 말았다. 그는 바리캉과 가위를 들고 주우의 뒤로 몰래 접근한 뒤 뒷머리를 한 움큼 움켜쥐고 순식간에 싹뚝, 잘라 버렸다. 놀란 주우는 자리에서 벌떡 일어났고 그들은 키득거리며 뒷문으로 도망치려 했다. 하지만 문 앞에 서 있던 미이는 몸을 비켜 주지 않았다.

그는 눈을 크게 뜨고 미이의 멱살을 잡아 흔들며 위협했다. 미이는 아무 말도 하지 않고 차분하게 그를 보고 있다가 쥐고 있던 연필로 그의 손등을 찔렀다. 소년은 바리캉을 집어던지고 손을 감싸며 주저앉았다. 손등에서 붉은 피가 뚝뚝 떨어지는 모습을 보고 소년은 비명을 질렀다. 미이는 금방이라도 덤벼들 화가 난 소년의 눈을 똑바로 쳐다보며 연필로 자신의 손등도 찔렀다. 그리고 말했다.

됐지?

미이는 바닥에서 바리캉을 집어 들었다. 그리고 멍하니 서서 이 모든 광경을 우두커니 보고 있던 주우의 손을 잡고 교실을 빠져나갔다.

둘은 나무 의자에 앉아 주변을 둘러봤다. 한낮의 과학실은 창마다 드리워진 두꺼운 암막 커튼 탓에 비 오는 밤처럼 느껴졌다. 커튼 틈으로 들어온 몇 줄기의 광선이 아니었다면 서로의 얼굴도 잘 보이지 않았을 것이다. 미이는 과학실 특유의 축축한 곰팡이 냄새를 빵 굽는 냄새라도 되는 듯 눈을 지그시 감고 음미하는 표정으로 코를 킁킁거렸다. 유리창이 달린 커다란 선반에 비커와 이름을 알 수 없는 각종 유리관들이 가지런히 놓여 있었고 해부된 소형 동물과 곤충들이 포르말린에 담겨 둥둥 떠 있었다. 미이는 배가 갈려 사지를 벌리고 있는 개구리를 보며 인상을 찌푸렸다.

나중에 의사가 되면 말이야. 개구리 배를 다시 꿰매 줄 거야. 저게 뭐야. 죽어서도 부끄럽게.

주우는 그건 의사가 아닌 수의사의 일이라고 말하려다가 정말 수의사의 일인가 싶어 관뒀다. 처음에 미이는 주우의 머리의 균형을 맞춰 보려 했다. 그러나 생각처럼 쉽지 않았다. 왼쪽을 맞추면 오른쪽이 틀어지고 오른쪽을 맞추면 다시 왼쪽이 틀어졌다. 미이는 난감한 표정으로 어떻게 해야 할지 몰라 바리캉만 손에 들고 있었는데 주우가 말했다.

그냥 밀어 줘.

다?

다.

3분도 걸리지 않았다. 주우의 머리는 벌초를 끝낸 무덤처럼 보였다. 주우는 거울을 통해 고개를 오른쪽으로 한 번 왼쪽으로 한 번 보더니 만족스러운 미소를 지어 보였다. 미이는 그 미소를 보는 순간 하마터면 울 뻔했지만 애써 웃었다.

오오, 어울리는데? 두상이 동글동글하니.

뒤통수를 탁, 때렸다.

예뻐.

미이는 바짝 깎여 거의 하얗게 보이는 머리를 천천히 쓰다듬었다.

사실은 나도…… 고양이가 있어.

주우가 고개를 돌렸다.

고양이 키워?

아니. 네가 키우는 치즈……. 내게도 그런 게 있어.

네가 키운다는 치즈. 그게 뭘까? 그 고양이도 이름이 있었을까? 미이야. 나는 그런 것도 하나 모른 채 널 잃어버렸어. 나중에 이야기해 준다고 했잖아. 그런데 넌 말도 없이 그냥 사라져 버렸지. 나는 네 고양이가 뭔지 지금도 모르겠어. 다만 알겠는 건 내게 치즈가 그러했듯 네 고양이도 널 힘들게 할 거란 거야. 난 평생 치즈를 입 속에 머금고 다니면서 함께 살았지. 힘들었어. 일일이 다 말할 수조차 없을 만큼. 그런데 단 한 번도 죽고 싶다거나 죽어야겠다는 생각을 한 적은 없었어. 이유가 둘 있었는데. 하나는 네가 잘 키우라고 이름 붙여 준 치즈와 헤어지고 싶지 않아서야. 다른 하나는 의문을 해결해야 했어. 너는 왜 떠났을까? 네가 키운다던 고양이는 뭘까? 난 내 입에 재갈을 채웠어. 앞으로 절대로 말을 하지 않기로 결심했지. 그리고 다짐했어. 미이. 너를 꼭 만나겠다고. 그래서 알아낼 거라고. 널 찾아 다녔어. 어디를 찾아야 할지 몰라 사람이 많은 곳에 갔어. 낯선 장소에 서 있었고 가보지 않은 길을 걸었어. 너는 어디에도 없었지. 그러나 난 알았어. 네가 어딘가에 분명히 있다는 것을. 그런데 이렇게 너를 만난 거야. 그제도 어제도 그리고 오늘. 또 내일도 만날 수 있는데 왜 다 꿈만 같을까. 나는 아침에 눈을 뜨면 가장 먼저 두려움을 느껴. 이게 만약 꿈이라면 모든 게 없던 일이 될까 봐. 너의 얼굴. 너의 목소리. 네가 있는 이 천막도 모두 신기루처럼 사라질 것 같아서.

*

이제, 여름 끝났나……. 찬바람 부네.

미이는 초승달이 뜬 깨끗한 밤하늘을 보며 담배를 피웠다. 주우는 미이 옆에 나란히 서서 하늘을 봤다. 담배 연기가 네 쪽으로 간다고 저쪽으로 가라고 해도 주우는 묵묵히 곁에 있었다. 미이가 오른쪽으로 두 발 움직이면 주우도 두 발 움직였고 왼쪽으로 다섯 발 움직이면 다섯 발 따라왔다. 미이는 짜증을 내며 주우에게서 등을 돌렸다.

둘은 걸었다. 지하철역으로 들어가지도 않고 버스 정류장에 멈추지도 않았다. 근린공원을 돌고 8차선 도로를 가로지르는 횡단보도를 건넜다. 인적이 드문 골목길을 지나 불 꺼진 초등학교 운동장을 두 바퀴 걷고 파란 육교를 건넜다. 그동안 둘은 한마디도 하지 않았다. 기이했다. 둘 중 누구도 그것을 불편하게 여기지 않았다. 초조하지도 답답하지도 않은 침묵. 편하게 주고받는 대화를 능가하는 자연스러움이 녹아 있었다. 미이는 길 한가운데서 걸음을 멈췄다. 주우도 멈췄다. 가로등 불빛이 둘을 비췄고 그림자 두 개가 바닥에 길게 서 있었다. 미이가 말했다.

넌 날 좋아하면 안 돼.

주우가 왜? 라고 묻는 눈으로 미이를 바라봤다.

난 널 좋아하지 않을 거거든.

상관없어.

미이는 주우가 쓴 글씨를 보고 고개를 저었다.

아냐. 서로 안 좋아하면 반드시 한쪽은 슬퍼져.

주우는 볼펜을 들고 한참 뜸을 들이다 뭔가를 썼다. 그리고 노트를 찢어 미이의 손에 쥐어 주고 앞서 걸었다.

안 좋아하는 것은 더 슬퍼.

미이는 주우의 뒷모습을 보며 주우의 뒤를 따라 걸었

다. 하나로 묶은 머리가 진자 운동하는 추처럼 좌우로 움직였다. 미이는 오래전 주우의 모습을 떠올렸다. 빡빡머리로 학교에 나타났을 때 사람들은 주우가 대단한 결심을 했다고 생각했다. 어딘지 모르게 불량하고 반항적으로 보이는 주우는 무엇이든 더 이상 참을 생각이 없는 질 나쁜 소년처럼 보였다. 정말 사이코처럼 보였다. 무엇이든 손에 잡히면 던지고 마음만 먹으면 칼로 사람을 찌를 수도 있을 것 같았다. 평소 주우를 괴롭히던 친구들이 더는 주우 근처에 오지 않았다. 그때 참 보기 좋았지. 두상이 예뻐 짧게 자른 머리가 무척 어울렸던 게 생각나. 미이는 주우의 머리카락을 잡아 확 당겼다. 놀란 주우는 휘청거렸고 넘어질 뻔했다. 미이가 말했다.

머리 자를래?

주우는 당황한 표정으로 눈을 동그랗게 떴다.

미이는 가방에서 노란색 문구용 가위를 꺼냈다.

이걸로. 너도 거울 볼 때마다 솔직히 재수 없지?

주우는 마스크에 손을 대고 웃었다. 미이는 주우의 손목을 잡아끌었다. 잠자코 걷던 주우는 모텔 현관을 보고 당황하며 손목을 비틀어 손을 빼내 도망가려 했다. 미이는 재빨리 주우의 머리카락을 움켜쥐었다.

방에 들어가자마자 미이는 침대에 누웠다. 주우는 하얀 순면이 깔린 침대에 엉덩이 끝만 살짝 걸쳐 앉았다. 미이는 이불을 돌돌 말아 온몸에 둘렀다.

몰랐는데 나 피곤했나 봐. 많이 걸었나?

미이는 눈을 비비며 말했다. 주우는 어쩐지 어색하여 고개를 젖혀 천장을 보고 흰 벽지도 보고 손바닥 크기의 해바라기 그림도 보고 유리로 조잡하게 만들어진 전등갓도 봤다. 까만 시트지가 붙은 창문은 굳게 닫혀 있었고 아무리 찾아봐도 시계는 없었다. 시공간이 느껴지지 않는 방이었다. 엘리베이터를 타고 5층까지 올라왔는데 느낌상으론 깊은 동굴로 들어온 것 같았다. 고요했고 깊숙했다. 주우는 처음엔 그것이 어색했지만 이내 좋아졌다.

자를까?

둥근 이불 굴을 파고 그 안에 들어가 애벌레처럼 누워 있던 미이가 말했다. 주우는 고개를 끄덕였다.

미이는 등받이가 없는 둥근 의자를 욕실에 놓고 주우를 앉혔다. 샤워 가운을 입히고 커다란 목욕용 타월을 망토처럼 걸쳤다. 주우는 마네킹처럼 순순히 앉아 눈동자만 굴리며 커다란 전신 거울을 통해 분주하게 움직이는 미이를 바라봤다. 신나 보였다. 냉장고에서 옥수수수염차를 꺼내 캔 뚜껑을 따고 유리컵에 따랐다. 모든 것이 준비된 듯 미이는 오른손에 가위를 쥐고 웃으며 거울을 봤다. 미이는 거울 속 주우를 보고 말했다.

손님. 마스크 벗으셔야 해요.

주우는 잠시 생각에 잠겼다. 지금 치즈는 잠든 것 같다. 운이 좋다면 아침이 올 때까지 치즈는 깨지 않을 것이다. 무엇보다 이번만큼은 미이를 실망시키고 싶지 않았다. 주우는 선선히 고개를 끄덕였다. 주우가 마스크를 벗는 동안 미이는 한 번도 숨을 쉬지 않았다. 아니, 쉴 수 없었다. 30초도 안 된 그 장면은 미이에게 정지 화면처럼 느껴졌다. 마스크를 벗고 입술 위에 까만 색 전기 테이프를 뜯고 그 밑에 두꺼운 장판 테이프를 뜯어 냈다. 그리고 주우는 뭔가를 뱉어 냈다. 골프공 크기의 까만 플라스틱 공이었다. 주우는 입을 크게 벌려 빼근한 턱을 움직였다. 미이는 건네받은 재갈을 손에 들고 눈살을 찌푸렸다.

이거 뭐야?

공 재갈이라고 하는 거야.

뭐야. 말 잘하잖아.

내가 언제 말 못한다고 했어?

그런데 왜?

다른 말도 잘하니까 그렇지.

지금은?

주우는 눈을 꾹 감고 10초쯤 뭔가에 집중했다. 이내 눈을 뜨고 어깨를 살짝 들었다 내렸다.

괜찮을 것 같아. 자고 있는 것 같아.

자? 누가?

치즈.

아……. 치즈.

미이는 고개를 돌려 거울이 아닌 주우의 입술을 바라보며 물었다.

잘 지내?

거울 속 주우가 말했다.

글쎄. 나도 걔를 잘 몰라.

뒷머리를 싹둑 잘라 낸 첫 가위질 이후 머리카락은 느리게 잘렸다. 저울에 미량의 가루를 한 움큼씩 뿌려 넣는 화학자처럼 미이의 가위는 주우의 머리카락을 아주 조금씩만 잘라 냈다. 가위를 한 번 움직일 때마다 미이는 거울을 확인했다. 느리고, 느리고, 느린 시간이 사각, 사각, 사각, 잘려 나가는 머리카락과 함께 더디고, 더디고, 더디게 지나갔다. 지나가다 어느 순간 깊숙하게 고이는 시간, 주우는 잠들어 버렸다. 잠들기 직전 주우는 미이의 말을 생각했다. 너는 나를 좋아하면 안 돼. 주우는 툴툴 거리며 생각했다. 옛날에도 그렇게 말하더니 똑같은 말을 다시 하는구나. 그때는 미이가 그렇게 말했을 때 아무 말도 못 했었지. 상관없다. 괜찮다. 이렇게 말하지 못하고 그냥 고개만 숙인 채 슬퍼하기만 했지. 그리고 뭐라고 물었는데 뭐였더라. 좋아해 주면 안 돼? 였던가. 너는 누굴 좋아해? 였던가. 그때 미이는 대답을 안 했지. 그건 분명해. 그날 이후 미이

를 만나지 못했으니까. 들리는 소문들은 다 못된 이야기뿐이었지. 귀를 막아도 들리고 눈을 감아도 다 보였지. 배가 불러 학교를 자퇴했단 말. 어느 날 하혈하고 쓰러졌단 말. 나쁜 사람을 좋아했다는 말도 있고 누구에게 심하게 맞았다는 말도 있었다. 소문 중에 이런 말도 있었다.

이코이코의 아이래.

그렇게 편들고 감싸더니 둘이 쳐 잔 거야? 씨발.

주우는 웃었다. 그리고 안심이 되었다. 그렇다면 다른 말들도 다 거짓이겠지. 하지만 시간이 갈수록 주우는 그 모든 말들 속에 홀로 서 있었을 미이가 그리고 주우가 모르는 곳으로 혼자 걸어가 버린 미이를 생각했다. 그리운 것인지. 서운한 것인지. 화가 난 것인지 알지 못한 채. 여러 날들을 보냈다. 하지만 주우는 이제 알았다. 보고 싶었던 거였어. 단순한 이유였지. 막상 보니까 그렇게 묻고 싶었던 것도 아무 의미가 없게 느껴진다.

갑자기 주우의 몸이 크게 들썩였다. 귀 모양에 맞게 왼쪽 머리를 자르던 미이는 놀라 한 발 물러섰다. 주우의 입에서 기이한 신음 소리가 새 나왔고 강한 파열음이 터져 나오려 했다. 그 순간 주우는 재빨리 입으로 손을 가렸다. 그리고 손가락 세 개로 입을 꽉 틀어막았다. 미이는 주우의 얼굴을 봤다. 붉게 변해 있었고 금방이라도 울 듯 겁에 질려 있었다. 입술을 봤다. 잘린 머리카락이 입 주위에 가득 붙어 있었다. 주우는 모래를 한 움큼 집어먹은 아이 같았다. 미이는 무릎을 꿇고 앉아 가위를 바닥에 내려놓고 왼손으로 주우의 어깨를 부드럽게 붙잡았다. 그리고 오른손으로 주우의 손목을 잡아 서서히 빼냈다. 미이는 주우의 손을 수건으로 닦아 냈다. 그리고 흐르는 물에 자신의 손을 깨끗이 씻고 주우의 입을 벌려 손가락으로 머리카락을 빼내기 시작했다. 주우는 처음엔 온몸을 돌덩이처럼 딱딱하게 만들어 저항했지만 미이의 눈에서 느껴지는 거역할 수 없는 어떤 힘에 의해 점차 부드러워졌다. 미이는 천천히 손가락을 움직여 주우의 입안에 묻은 머리카락을 모두 빼내었다. 그리고 옥수수수염차가 든 컵을 주우의 입가에 대고 말했다.

헹궈.

미이는 다시 가위를 들었다.

치즈가 말하고 싶어 하면 그냥 말하게 해. 네가 무슨 상관이야? 네가 하는 말도 아닌데. 민망해서 그래? 나도 이상한 말해 줄게. 그러니까 다시는 방금처럼 입 막지 마. 알았어?

주우는 가만히 있었다. 미이가 언성을 높여 다시 물었다.

알았어?

싫어.

괜찮아.

넌 괜찮아도 내가 괜찮지 않아.

미이는 주우의 뒤통수를 때렸다. 그리고 정수리를 두 번 눌러 강제로 끄덕이게 만들었다.

시끄러. 말 좀 들어.

지루할 테니까 이야기 하나 해줄게. 기억 나? 나도 고양이가 있다고 했잖아.

거울 속 주우가 끄덕였다.

치즈 같은 멋진 이름은 없어. 나는 그것에게 이름을 붙여 줄 수 없었거든. 개를 내 마음대로 해본 적도 없어. 사실 고양이 같은 귀여운 애는 절대로 아니야. 사실 난 개가 싫어. 내가 키우는 거라고도 할 수 없이. 그런데 개는 항상 내 곁에 맴돌아. 밥도 주지 않고 물도 주지 않고 만져 주지도 않는데 항상 내 옆에 있어. 무슨 마음인지도 모르겠어. 날 좋아하는 것 같지도 않고 싫어하는 것 같지도 않아. 그냥 날 계속 지켜만 봐. 어둠을 먹고 바람을 먹고 점점 몸을 불리지. 언젠가 내 곁에서 잠든 모습을 용기 내서 본 적이 있는데 너무 컸어. 그러다 눈을 떠서 나를 보는데……. 두려웠어. 커다란 오렌지만한 눈동자로 나를 무섭게 노려봤어.

미이는 가위를 물에 씻어 냈다. 그리고 허공에 흔들어 물기를 털어 내고 다시 움켜쥐었다.

그동안 약하고 불쌍한 것들에 끌려왔어. 연민이랄까. 그 끔찍하고 무력한 성정이 내 안에 있는 게 싫어. 지긋지긋해. 정말. 어느 순간부터 나는 그걸 개라고 불렀어. 사랑할 수 없는 것을 사랑하고, 사랑해서는 안 되는 것도 사랑하게 만들지. 나는 원치 않았는데도 걔는 나를 그렇게 만들어. 난 결국 걔가 이끄는 대로 따라가고 말았지. 힘드니까. 비참하니까. 그것을 사랑이라 그냥 믿어 버리는 거야. 사랑하기 때문이라는 이유는 엄청 편하단다. 모든 지저분한 것들을 그림자 밑으로 쑤셔 박을 수 있거든. 주우야. 난 그렇게 살아왔어. 한번은 말이야.

미이는 입을 다물고 한동안 거울 속의 주우를 봤다. 주우가 고개를 끄덕였다.

사람을 죽였어. 애인이었던 사람이었지. 그래서 감옥도 갔다 왔어. 몰랐지?

미이는 눈을 가늘게 뜨고 가위를 흔들며 주우를 봤다. 주우는 가위를 들지 않은 미이의 왼손의 둥근 흉터를 바라봤다.

내가 왜 그 사람을 만났는지 알아? 불쌍해서. 사실 그 사람은 나를 좋아하지도 않았는데.

…….

내가 그 사람을 무조건 사랑하니까 그 사람은 나를 때리더라.

…….

나중에 그 사람은 나를 증오했어.

…….

마침내 내 목에 칼을 겨누었는데도 나는 그 사람을 사랑하기에, 아니 이 감정을 사랑이라고 불렀기 때문에 계속 사랑하기로 했지. 사랑은 원래 이런 거라고 아프고 슬픈 거라고. 힘들고 어려운 거라고 믿으면서 그래도 널 사랑해, 라고 말했어.

…….

그런데 무서웠었어. 이번엔 정말 죽을 것 같았거든. 그래서 나도 모르게 내 목을 조르는 그 사람을 높은 곳에서 밀어 버렸어.

…….

개 같아. 정말로 내 삶은 개 같아. 그 개가 나를 평생 몰고 다니며 나쁜 쪽으로 이끌었어. 그동안 난 평생 끌려 다녔고.

…….

그런데 더는 그렇게 끌려다니지 않기로 결심했어. 더

는 그런 거에 약해지지 않을 거야. 그러니까 주우야.

…….

너는 나를 좋아하면 안 돼.

그 순간 치즈가 눈을 떴다.

죽여 버릴 거야.

미이가 당황한 눈으로 치즈를 봤다.

개 같은 년아. 뭘 쳐다 봐. 칼로 쑤실 거라고.

그리고 미이는 치즈에게 많은 말을 들었다. 치즈는 마음껏 할퀴고 화냈고 날카롭게 소리를 질러 댔다. 날카로운 발톱으로 허공을 가르고 안아 주려는 이의 팔에 상처를 냈다. 그동안 미이는 차분하게 그 말을 다 듣고 난 뒤 다정하게 말했다

치즈야. 안녕.

치즈는 더 크게 소리를 질렀다.

씨발년아 뭘 쳐다봐. 죽을래?

미이가 단호한 목소리로 말했다.

죽여. 죽여 봐. 개새끼야. 내가 먼저 널 죽일 걸?

순간 주우가 놀란 눈으로 미이를 봤다. 미이는 뭐? 하

는 눈으로 거울 속의 주우를 보며 웃었다. 그리고 주우의 미간에 붙은 버튼에 손가락을 올리고 꾹 누르면 말했다.

괜찮아. 이제 됐어.

미이는 주우의 젖은 머리를 타월로 털어 내고 드라이어로 꼼꼼하게 말렸다. 머리는 버섯처럼 둥글었다. 결코, 잘 잘랐다고 할 수 없는 상태였다. 하지만 주우는 그게 참 마음에 들었다. 미이가 주우의 눈치를 살피며 말했다.

어때?

좋은데?

거울 속 주우는 선이 살짝 어긋난 앞머리를 손가락으로 만지며 말했다.

미안해.

뭘?

그냥.

나도 미안해.

뭘?

그냥.

모텔을 나와 둘은 거리를 걸었다. 새벽에서 아침으로 바뀌는 푸른 시간에 오가는 사람은 없었다. 주우는 새벽의 일들이 꿈처럼 아득하게만 느껴졌다. 달라진 머리가 아니었다면 기억을 믿을 수 없었을 것이다. 주우는 느껴 보지 못한 이상한 느낌으로 온몸이 간지러웠다. 갑자기 사라진 머리카락 탓에 뒷목이 서늘했고 입안은 마취라도 된 것처럼 계속 얼얼했다. 입 속을 부드럽게 만지던 미이의 손가락. 혀 안쪽에 아직도 남아 있는 것 같은 작은 머리카락들. 주우는 그 모든 것들이 사라질까 봐 혀를 둥글게 말아 입안을 가득 채웠다. 비탈진 골목을 내려가던 중 둘은 멈춰 섰다. 쓰레기차와 편의점 배송차가 비상등을 깜박이며 느리게 후진을 하고 있었다. 주우와 미이는 나란히 서서 그것들이 사라질 때까지 지켜봤다. 미이가 말했다.

기억나? 옛날 모래 언덕에 앉아 있을 때 모래를 퍼가는 포크레인에게 주우 네가 욕했잖아.

그랬지. 그때 포크레인이 우리 쪽으로 다가오며 포크손을 움직여 놀라서 도망쳤잖아.

그때 포크레인 아저씨는 화가 났을까?

화났겠지. 그렇게 심하게 욕을 하는데 화가 안 나겠어? 그것도 새파랗게 어린 학생이 욕을 하는데.

난 그때 진짜로 죽는 줄 알았어.

그런데 그 이야기는 왜 갑자기 하는 거야?

아니. 그냥 그런 것들이 생각나네. 너랑 했던 일들이 다 생각나.

주우야.

응.

네가 정말로 치즈를 끝내 길들이지 못하면……, 그래서 너무 괴로워지면……, 내가 치즈와 헤어지게 해줄게.

미이는 주머니에서 가위를 꺼내 묘한 미소를 지었다.

무슨 방법을 써서라도 내가 반드시 헤어질 수 있도록 도와줄게. 무슨 걱정이야. 헤어지면 그만인 거야. 그러니까 그런 날 오면 내가 도와줄 테니까……. 앞으로 그냥 마스크 벗고 말하면 안 돼?

주우는 고개를 푹 숙이고 있다가 끄덕였다.

알겠어.

미이는 말했다.

그럼 줘.

주우가 마스크를 미이의 손에 올렸다. 미이는 주우의 주머니를 가리키며 말했다.

그것도.

주우는 주머니에서 공 재갈을 꺼내 미이의 손에 올렸다. 미이는 그걸 손가락 사이에 걸고 몇 번 돌리더니 가방에 집어넣었다.

헤어지기 전 주우가 말했다.

계속 만날 수 있어?

미이는 대답 없이 걸었다. 주우는 한 발 뒤에 서서 걸었다. 미이가 허공을 보며 말했다.

난 네가 괴로운 걸 원치 않아.

난 괴롭지 않은 것보다 그냥 너를 좋아하고 싶어.

그래라. 네 맘대로 해라.

주우가 걸음을 멈추고 고개를 돌려 미이를 바라봤다. 미이가 웃었다.

한 달에 한 번 씩 만나자. 머리 잘라 줄게. 그 전엔 제

발 오지 마.

주우가 호호호 소리를 내며 묘하게 웃었다.

안녕, 이라고 말하고 미이는 주우의 버튼을 손가락으로 꾹 눌렀다. 주우는 눈을 감았다. 다시 눈을 떴을 땐 빠른 걸음으로 사라지는 미이의 뒷모습을 볼 수 있었다.

이제 따라 오지 마.

응.

주우는 제자리에 서서 사라지는 미이의 그림자를 향해 손을 흔들었다.

"그를 대신해 뭔가 말하고 싶었다"

정용준

「이코」는 어디서, 어떻게 시작되었나?

말을 못하는(안 하는, 할 수 없는) 인물에 대해 그동안 많이 써왔다. 쓸 만큼 썼다고 생각했는데 그 주제에 관해 〈쓰고 싶음〉은 여전한 듯하다. 원치 않고, 제어할 수도 없는, 말을 의지와 상관없이 내뱉게 되는, 그래서 정작 자신의 말은 할 수 없는(하지 않기로 결심한) 인물을 발견했다. 그에 대해 지속적인 관심을 갖던 중 그가 자기의 본질을 미워하고 있다는 것을 알았다. 자신을 미워하는 것 외에 달리 살 방법이 없는 존재들이 있다. 항상 그를 대신해 뭔가 말하고 싶었다.

작가 본인이 생각하는 이 이야기의 중심은 어디인가?

입 밖으로 꺼낸 말이 사실 그의 진짜 말은 아니라는 것. 그러나 타인은 그 사람이 한 말로만 그를 받아들이고 이해한다는 것. 그 오해와 해명 불가함 속에서 마스크를 쓰고 모든 말을 스스로 막아 버린 인물. 그럼에도 불구하고 그를 알아 주고 그의 진짜 말을 듣기를 원해 마스크를 벗겨 주려는 인물. 그런 사람과 그런 삶도 있다는 것.

어떤 장면이 가장 마음에 남는가?

나쁜 말이 터져 나오려 할 때 급하게 입을 막으려다 주우의 입속으로 머리카락이 들어가는 장면이다. 입속에 들어간 머리카락을 미이가 손가락을 넣어 빼내는 장면도 마음에 남는다.

몸에 대한, 병에 관한 이야기를 한다. 인간의 어떤 면에 끌리며, 그것이 몸과 병, 장애, 한계 등과 어떻게 연결되는지?

사랑하는 사람과 이별하면 치명적인 염증이 몸에 실제로 발생한다는 기사를 봤다. 마음의 문제는 몸의 문제이다. 마음은 보이지 않고, 그래서 신비롭고, 시적인 영역일 수도 있다고 생각한다. 하지만 동시에 마음은 그저 몸일지도 모른다. 마음이 아프면 몸이 아프고 몸이 아프면 마음이 아프다. 그런데 회복될 수 없는 조건을, 사라지지 않는 흉터 같은 것을 몸과 마음에 지니고 있는 인생도 있다. 운명이라고밖에 말할 수 없는 것. 어쩔 수 없다고 말하게 되는 것. 나는 그것을 소설로 말하고 싶다.

최근의 화두는?

변화. 여러모로 변화가 필요하다. 그런 날들을 보내고 있다. 걷다가, 잠들기 전, 음악을 듣다가도 그런 생각을 한다. 변화가 필요해. 실은 내가 많이 변했다는 것을 느끼고 있다는 게 정확하겠다. 그런데 모르겠는 건 무엇이 어떻게 얼마나 변했는지이다. 그래서 생각한다. 변화를 느끼고 알기 위해서 나도 변해야겠구나. 대체 이게 무슨 말인지 나도 잘 모르겠다. 계속 생각하는 바보 같은 생각이다.

무나씨의 일러스트를 보고 본인이 생각했던 이미지와 어떻게 같고 어떻게 달랐나?

기대하고 예상했던 구체적인 이미지는 없었다. 뉘앙스만 어렴풋

이 가지고 있었다. 무나씨가 그린다면 이런 느낌이겠구나. 책에 실린 이미지를 보고 그저 좋았다. 인물을 아껴 준다는 생각도 들었다. 특히 이발하는 장면과 이마를 만질 때 사방으로 흩어지는 빛이 좋았다. 오래 오래 바라보았다.

그림 작품이 계기가 되거나 영감이 된 적이 있나?

구체적인 이야기나 에피소드가 생각나는 방식으로 계기가 된 적은 없다. 하지만 쓰는 동안에는 많은 영향을 받는다. 문장의 결이랄까, 질감이랄까. 인상적인 그림을 보면 그 인상이 문장에 묻어나는 것을 느낀다.

꼭 일해 보고 싶은 일러스트레이터나 화가가 있다면?

무나씨의 다른 그림을 보고 뭔가를 써보고 싶다.

이야기를 짓는 것이 어떤 즐거움을 주는가?

기쁘고 설레고 재미있는, 그런 즉각적이고 감각적인 느낌은 없다. 하지만 즐겁다. 그 의미와 느낌을 설명하는 건 쉽지 않은데 소설마다 다르고 끝낼 때마다 다르다. 그냥 소설을 쓸 땐 그 이야기와 인물이 나를 이해해 준다는 느낌을 받는다. 때론 받아 준다는 느낌도 있고. 즐거움이라기보다는 좋음에 가깝겠다.

소설을 쓸 때 중요하게 생각하는 본인만의 원칙이 있다면?

내가 먼저 인물을 이해할 수 있어야 한다. 그리고 잘 써서 독자들도 인물을 이해할 수 있어야 한다. 그러기 위해서는 깊이 생각할 시간도, 열심히 쓰고 고치는 시간도 필요하다. 내가 소설 속 인물과 함께 그걸 할 수 있을까? 하는 생각을 많이 한다. 그 질문의 시간이 중요하다.

소설에 확신이 들지 않을 땐 어떻게 하는가?

확신이 있었던 적은 없다. 그래도 이번 소설은 써보자. 잘 되든 안 되든 이번 소설까지만 써보자. 이런 마음으로 한 편 한 편 써나간다.

색다른 것을 해야 한다는 강박 관념은 없나?

생각은 있지만 강박은 없다. 처음엔 강박이 있었지만 〈어떤 색다름〉은 내가 할 수 없는 일이라는 것을 쓰는 동안 서서히 처절하게 깨달았다. 색다른 것은 아닐지라도 다른 것은 쓰자는 생각으로 쓴다.

정용준에게 〈소설〉은 무엇인가?

언젠가 어디에서 했던 말이지만, 불완전한 말을 내뱉는 입술보다 더 나은 입술 같은 것.

〈소설〉은 현시대에 어떤 힘을 지니고 있다고 생각하는가?

소설은 어떤 시대에나 일정한 힘을 지녔다. 지금 소설의 힘이 약해진 것처럼 보이는 이유는 읽기의 힘이 약해졌기 때문이다. 소설을 읽으면 반드시 어떤 힘을 느낄 수 있는데 문제는 사람들이 그걸 읽을 힘이 없다. 읽는 것은 너무 어렵다. 점점 더 그 힘은 약해질 것이다. 뭐든지 짧게, 간단하게, 단순하게, 이미지로, 해시태그로, 한마디로 이해하고 싶어 한다. 읽지 않고 읽고 싶어 한다. 어쩔 수 없는 일이라고 생각한다.

좋아하는 단편 소설을 꼽는다면?

너무 많아서 설명하기도 나열하기도 어렵다. 지금으로선 요즘 쓰고 있는 단편이 있는데 그게 참 좋다. 완성되면 분명 싫어지겠지만 쓰는 지금으로선 참 좋다.

어떤 이야기를 쓰고 싶나?

그동안 써왔던 이야기나 앞으로 써야 할 것 같은 이야기 말고 지금 당장 쓰고 싶은 이야기가 있다면 그게 무엇이든 정직하게 눈치 보지 말고 쓰자. 자주 하는 생각이다.

이 책을 〈테이크아웃〉한다면 어떤 공간과 시간으로 가져가고 싶은지?

나른한 한낮의 한산한 지하철 7호선 빈 좌석에 놓여 있으면 좋겠다. 뭐지? 하는 마음으로 누구라도 잠깐이라도 집어 들고 읽으면 좋겠다. 그러다 목적지에 도착하면 다시 좌석에 놓고 가면 좋겠다. 뭐, 집으로 가져가도 그것대로 좋다.

“숨어 있다가 놀라 도망치는 길 고양이 같은 이야기”

무나씨

「이코」를 읽고 가장 먼저 떠오른 이미지는?

자동차 아래에 숨어 있다가 놀라 도망치고 마는 길 고양이가 떠올랐다.

「이코」의 어떤 부분이 가장 마음을 끌었는지? 그리고 그것을 어떻게 그림으로 표현했나?

각기 다른 이유로 세상에 대한 마음을 닫고 자신을 묶어 버린 두 주인공이 가련하게 느껴졌다. 어느 때보다 그런 마음의 병을 가지고 있는 사람이 많은 시대를 살고 있기에 뒷맛이 씁쓸했다. 쓴 맛이 조금 덜 나도록, 그리고 소설에서 묘사된 구체적 상황은 되도록 덜어 내며 작업했다.

평소에 인물을 주로 그리는데, 「이코」 속 인물의 무엇에 주목하였나?

틱 장애를 가진 한 변호사를 아주 코믹하게 묘사한 미국 드라마를 본 적이 있었다. 그저 신기한 병이 다 있구나 하고는 잊고 있었는데, 「이코」의 주인공의 것은 퍽 현실적으로 다가왔다. 사실 누구나 끔찍하게 여겨 숨기고 싶은 이면을 가지고 있지 않나. 대개의 사람은 그런 이면을 잘 제어하는 것뿐. 보통 사람도 정신을 똑바로 차리지 않으면 누군가에게 상처가 되는 말을 하기 십상이다. 그런 면에서 스스로 공 재갈을 물린 주인공이 더 양심적이지 않나 생각했다. 또한 상처받아 마음을 닫은 사람끼리 서로를 위로하는 것이 얼마나 어려운지 공감할 수 있었다.

보통은 검은 잉크를 사용하는데 이번엔 노란색을 배치했다. 컬러로 표현 또는 강조하고자 했던 것은 무엇인가?

애초에 색을 쓰지 않겠다는 원칙은 가지고 있지 않아서, 색을 써서 강조하고자 하는 의도는 없었다. 색을 추가할 수 있는 기회가 있었고, 그렇게 하면 예쁠 것 같았다. 노란색(금색)은 검은색 다음으로 좋아한다.

그림을 보면 연극 무대 같기도 하고, 등장인물의 몸의 형태가 무용 예술처럼 강렬한 메시지가 되기도 한다. 인간의 몸에 어떤 점이 끌리는가?

그림은 말을 들려줄 수 없으니, 그려 놓은 인물들이 무언극을 하는 것처럼 보이는가 보다. 말이 없고 표정이 없고, 장소나 의상이 특정되지 않아서, 내 그림에서 의미를 찾을 수 있는 단서는 오직 몸짓이다. 그로 인해 보는 사람마다 다양한 해석을 하게 할 수 있어 좋다.

스타일에 대해서 더욱 고민하는 편인가?

스타일에 대해 늘 고민하지만, 늘 결론은 같다. 그래서 스타일이 변하지 않는가 보다.

그림을 그리면서 감정을 전달하려고 노력하나?

전달하는 것 이전에 담아내는 데에 집중한다. 내 감정은 전달되어도 좋고 되지 않아도 좋다. 보는 사람의 감정은 다 다르니까. 특정한 감정을 전달하기보다는 그림을 통해 보는 사람에게 어떤 감정이 생겨난다면 그것으로 충분하다.

그림에 확신이 들지 않을 땐 어떻게 하는가?

확신이 들지 않는다면 그리지 않는 편이 낫다고 생각한다.

요즘 관심을 두고 있는 주제나 생각이 있나?

인류의 기원. 마음의 작동 원리. 어떻게 살아야 하나.

색다른 것을 해야 한다는 강박 관념은 없나?

늘 있다. 색다른 기법 말고 색다른 감정과 생각을 가지고 싶고 표현하고 싶다.

의뢰를 받아서 하는 작업이 개인 작업에도 도움이 되나?

의뢰받은 그림이나 개인 작업이나 큰 차이는 없으나, 생각해 본 적 없는 주제를 부여받는 것은 재미있는 일이다.

어떤 종류의 개인 작업을 하는지?

일기를 쓰듯 그날의 감정이나 생각을 그림으로 표현한다. 스스로에 대한 심리 치료, 마음 공부, 수양의 한 방편에 더 가깝다.

화가들에게서 영향을 받은 적이 있는지?

화가들의 작품이 아니더라도 감상해야 할 시각 예술이 넘쳐나서 그렇겠지만, 다른 화가의 작품을 찾아보지 않는 편이다. 오히려 소리나 냄새, 분위기에서 영향을 받는다. 직접적인 영향이라면 고려 시대 불화를 좋아한다.

그림의 아이디어는 어디서 어떻게 나오는가?

슬프거나 화나거나 짜증이 나거나 답답하거나 외롭거나 그립거나 창피하거나 하는, 주로 유쾌하지 않은 기분과 생각에서 나온다. 그림을 그리려고 하기보다는 턱을 괴고 고민할 때 무심코 공책에 낙서하듯, 답답한 마음을 조금 풀어 보려 그림을 그리는가 싶다.

어떤 도구를 주로 사용하나?

시중에 판매하는 검은 잉크나 먹물, 붓을 사용한다.

그리기 과정에서 중요하게 여기는 것은?

그리는 것 이외에 다른 행위를 동시에 하지 않으려 애쓴다. 머릿속을 맴도는 생각을 마주하고 기분 속에 있어 보려고 애쓴다.

문학 작품을 읽으면서도 영감을 얻는지 궁금하다. 최근에 어떤 작품을 읽었는가.

잠시 멈추게 만드는 구절에서 영감을 얻는다. 나에게 영감은 다른 게 아니라 어떤 기억을 환기하는 것, 어떤 기분에 휩싸이게 만드는 것, 어떤 생각에 골똘하게 만드는 모든 것이다. 최근엔 아껴 두었던 헤르만 헤세Hermann Hesse의 「싯다르타Siddhartha」를 읽었다.

같이 일해 보고 싶은 문인이 있다면?

현재 나와 같은 세상을 살며, 예술이 과연 이 세상에 무슨 역할을 할 수 있을까, 함께 고민할 수 있는 문인과 일을 (핑계로 친구) 하고 싶다.

그림을 그릴 수 없는 상황이 닥친다면 어떤 식으로 〈그림〉의

욕구를 표현하겠는가?

아마도 더 많이 먹고, 많이 소비하고, 많이 자고, 한편으로는 늘 어디론가 떠나고 싶어질 테지만, 그래도 무언가를 쓰거나 그리려 발버둥칠 것이다.

정용준
2009년 『현대문학』에 단편 소설 「굿나잇, 오블로」를 발표하며 데뷔했다. 소설집 『가나』, 『우리는 혈육이 아니냐』, 장편 소설 『유령』, 『바벨』, 『프롬 토니오』 등을 발표했다.

무나씨
한국 미술을 전공했다. 마음과 자아라는 주제에 관심을 두고 그림을 그린다. 전시 활동 이외에도 국내외 다양한 분야의 작가, 브랜드와 협업을 통해 세상과 소통하고 있다.

TAKEOUT 18

이코

글 정용준 **그림** 무나씨 **발행인** 홍유진 **발행처** 미메시스
주소 경기도 파주시 문발로 253 파주출판도시
대표전화 031-955-4400 **팩스** 031-955-4404
홈페이지 www.mimesisart.co.kr **email** info@mimesisart.co.kr

ISBN 979-11-5535-148-2 04810 979-11-5535-130-7 (세트)
발행일 2018년 12월 1일 초판 1쇄

이 도서의 국립중앙도서관 출판예정도서목록(CIP)은 서지정보유통지원시스템 홈페이지
(http://seoji.nl.go.kr)와 국가자료공동목록시스템(http://www.nl.go.kr/kolisnet)에서
이용하실 수 있습니다. (CIP제어번호: CIP2018033676)

이 책은 실로 꿰매어 제본하는 정통적인 사철 방식으로 만들어졌습니다.
사철 방식으로 제본된 책은 오랫동안 보관해도 손상되지 않습니다.

테이크아웃은
단편 소설과 일러스트를 함께 소개하는
미메시스의 문학 시리즈입니다.

01 **섬의 애슐리** 정세랑×한예롤

02 **춤추는 사신** 배명훈×노상호

03 **우리집 강아지** 김학찬×권신홍

04 **밤이 아홉이라도** 전석순×훗한나

05 **우리는 사랑했다** 강화길×키미앤일이

06 **정선** 최은미×최지욱

07 **뷰티-풀** 박민정×유지현

08 **부산 이후부터** 황현진×신모래

09 **사랑하는 토끼 머리에게** 오한기×소냐리

10 **비상문** 최진영×변영근

11 **몫** 최은영×손은경

12 **문학의 새로운 세대** 손아람×성립

13 **팬텀 이미지** 정지돈×최지수

14 **끓인 콩의 도시에서** 한유주×오혜진

15 **목견** 임현×김혜리

16 **꿈은, 미니멀리즘** 은모든×아방

17 **목격** 김엄지×람한

18 **이코** 정용준×무나씨

19 **부케를 발견했다** 최정화×이빈소연

20 **아무도 없는 숲** 김이환×박혜미